KB251401

_____ 님

제 詩를 사랑해 주심을 감사드립니다.

西崑 정문식

노을바위 길

정문식 네 번째 시집

생각나눔

1부 길 이야기

2부 풋내기의 詩

3부 초봄의 바이올린

4부 잔 상

4집을 내면서

　내가 찍은 야생화 사진들을 보면서 '이 예쁜 꽃들에게서 받은 느낌을 남기고 싶은데'란 의욕 하나로 시를 쓰게 되었습니다. 하나둘 서툰 글들이 모이고, 책으로 엮고 싶은 욕심도 생기고, 그래서 출간하게 된 시집이 '산등성이 바위고 싶다.'였지요. 그땐 그것으로 꿈을 이뤘으니 되었다고 했는데 지금 제가 4집을 내놓게 되는 소회를 쓰고 있다니 참 오묘한 일입니다. 그게 저의 거칠고 투박하며 세련되지도 못한 글들을 "좋다", "너만의 맛이 있다."라는 등 응원을 해주는 지인들의 덕분이지 싶습니다. 이 지면을 통해서 "고맙다", "사랑한다."라는 감사를 전합니다.

　4집 『노을바위 길』은 그리움, 회한, 막연한 두근거림의 의미로 제가 즐겨 사용하는 '노을바위'와 '길'이라는이 두 단어를 제목으로 하였습니다. 하루하루가 다른 노을을 바라보며 다투는 나, 또 캄캄한 두려움 그 너머에 대한 두근거림을 엿보고 있는 나를 생각하였습니다. 그리고 자꾸만 글이 길어지고, 뭔가를 자꾸 더 담으려고 욕심을 부리고, 조금 더 세련되게 보이려고 애를 쓰는 제 모습이 탐탁하지 않아 첫 마음을 새겨보라는 의미도 담아서 말입니다. 느낌을 표현하기 좋은 멋진 우리말을 찾아서 쓰는 것까지는 좋은데 자꾸 맞지 않는 옷을 입으려고 하는 것 같아 많이 불편하였습니다. 물론 처음 같지는 않더라도 근원의 순수함을 찾아가자는 생각으로 "조금씩 덜어내자", "잊지 말자." 하는 저의 다짐도 담았습니다. 건강한 마음과 몸으로 세상 구경도 더하고 친구들과의 만남도, 좋아하는 취미생활도 열심히 하면서 앞으로도 계속 시를 쓰겠습니다. 놀다가 남는 시간에 짬짬이 가

볍게 말입니다. 덧붙여 4집의 출간을 응원하며 후원해 준 곽영두, 박우석, 최동천 친구에게 고마움을 전하며 2025년 가을 먼저 하늘나라로 간 사랑하는 동생 창식이를 추모하는 헌정의 마음도 전합니다.

　저의 시를 사랑해 주시는 모든 분의 건강을 기원하면서 인사드립니다. "여러분들의 멋진 여정을 응원합니다! 우리 함께 걸어가요!"
　감사합니다.

2026년 1월
서암 정문식

1부

길 이야기

연초록 봄에 납작 네 땅의 꿈을 그리다
그립고 그리운 그대에게 질풍노도 한달음에
다음 봄을 조몰락거리며
바쁜 걸음들 먼저 보내고 나른하여 느긋한 걸음으로
성의 그리움에 두고 겨울을 함께
미운 건 멀리서 봐주고 작은 건 가까이
세월도 징그러워 비껴간 벗들처럼 하얗게 웃으며
볕 따스운 문지방 지나 발이내포에
새퉁스럽고 뻔뻔하게 봄바람을 반기는구나.
흔해 빠진 이야기들의 어슬렁
오일장 꼬맹이의 걸음 그 오지랖의 눈망울로
걸음은 늘 아이처럼 반짝거리어
고집스러움도 억지도 없을 노스님의 여백처럼

둥굴레 꽃이 피다

동산의 봄 조롱조롱
둥굴레 하얀 꽃

동장군을 이겨낸
알뿌리가 고마워

다소곳 고개 숙인
그윽한 미소여

넌 오연한 하늘도
우스운 꽃이었어라

연초록 봄에 납작
네 땅의 꿈을 그리다

이내
한눈파는 염치여도

내려가는 길 어디
느린 시간의 도사에게

黃精酒 한 잔을 얻어
취하고 싶구나.

*둥굴레: 백합과에 속하는 여러해살이식물. 동아시아 지역의 산과 들에서 자란
　　　 다. 땅속줄기에서 줄기가 나와 자라며 크기는 약 30～60cm 정도이다.
　　　 잎은 한쪽 줄기에 치우쳐서 어긋나고, 꽃은 6～7월 잎겨드랑이에서 긴
　　　 대롱 모양으로 핀다.
*납작하다: 바닥에 붙이고 냉큼 엎드리다.
*알뿌리: 둥근 모양이나 덩어리 모양으로 된 줄기나 뿌리를 통틀어 이르는 말.
*오연하다: 거만하여 다른 사람을 업신여기는 듯하다.
*황정주(黃精酒): 둥굴레를 넣고 빚어낸 술. 50년 이상 숙성한 황정주를 마시면
　　　　　　 신선이 되어 등천할 수 있다는 전설이 있다.

수레국화

그대 그윽한 미소를 닮은
신비로운 파란빛의 유혹

땡볕 아래 넌 시원한 바람
오련하고 달콤한 사랑꾼

수레국의 바람에 올라가
으쓱으쓱 편을 휘두르며

그립고 그리운 그대에게
질풍노도 한달음에 가오.

*수레국화: 국화과에 속하며 유럽 동남부 원산의 한해살이풀 또는 두해살이풀.
　　　　 꽃 색은 주로 자색이며 이외에도 백색, 분홍, 자주색 복색 등으로 다양
　　　　 하며 여름에서 가을까지 핀다.
*오련하다: (빛깔이) 엷고 곱다.
*편(鞭): 채찍.
*질풍노도: 몹시 빠르게 부는 바람과 무섭게 소용돌이치는 큰 물결.

홀아비바람꽃

싸목싸목 오시며 애간장 다 녹이시더니
올핸 어찌 열쌔신지 한숨에 땅 꺼지겠소.

이른가 싶은 며칠의 나른한 안이함으로
무심한 뒤태만 남은 홀아비바람꽃이여

그립고 알싸한 설렘에 벌써 좀이 쑤시어
다음 봄을 조몰락거리며 들락거린다오.

---

*싸목싸목: '천천히'의 방언.
*열쌔다: 행동이나 눈치가 매우 재빠르고 날쌔다.
*알싸하다: 맵거나 독해서 콧속이나 혀끝이 아리고 쏘는 느낌이 있다.
*좀이 쑤시다: 마음이 들뜨거나·초조하여 가만히 참고 기다리지 못하다.

비수구미 트래킹

바쁜 걸음들 먼저 보내고
나른하여 느긋한 걸음으로

몰큰한 가을 향기를 따라
비수구미 마을로 가는 길

물들어가는 이파리들과
가을꽃들의 속 깊은 향연

단풍나무 참나무 자작 벚
구절초 박하 꽃향유 산국

골짝에 이는 바람이 되어
아는 이름들은 불러주며

애잔한 그리움도 살포시
비수구미의 동행이 된다.

늘어지는 가을볕 그림자
파로호의 물내를 가르니

산나물에 단풍 버무려진
비수구미가 불콰하구나.

*비수구미(泌水九美): 화천댐으르 인해 뱃길로만 접근할 수 있어 오염되지 않은
　　　청정 자연을 보유하고 있는 곳이다. 비수구미의 뜻은 '신비한 물이 9개
　　　의 아름다움을 연출한다.'라는 의미. 수많은 폭포와 계곡의 아름다운
　　　진수를 몸소 체험할 수 있다. 이젠 해산령에서 비수구미 오지마을까지
　　　6.5km 계곡 길 트래킹과 파로호 강변길(3.5km), 평화의 댐 탐방 코스
　　　가 생겨 많은 탐방객0 찾는다. 산채 비빔밥집이 유명하다.
*몰큰하다: 갑자기 확 풍기는 느낌이 있다.
*불콰하다: 술기운을 띠거나 혈기가 좋아서 불그레하다.

꽃무릇 정원에서

먹구름에 들불일 듯
무리 지어 핀 꽃무릇은

붉디붉은 상사의 꽃
아름다운 참사랑의 꽃

누군가의 설렘으로
누군가의 서러움으로

한바탕 예쁜 꿈이기를
손꼽아 그리운 꽃

찬란한 날이 너무 짧아
진저리도 못내 아쉬운

진녹색 짝지
그 상사의 허무함 알기에

꽃 지고 시려질 즈음

한 점 分株 받아

생의 그리움에 두고

겨울을 함께하리다.

*꽃무릇: 수선화과의 알뿌리식물로 우리가 흔히 아는 상사화랑 한 집안 식물이
        다. 고창 선운사, 영광 불갑사, 정읍 내장사는 가을에 꽃무릇 꽃의 화려
        한 연출로 명성이 높은 곳이다. 매년 추석 무렵 불이 난 듯 만개한다.
*짝지: 짝을 이루는 동료.
*분주: 다년생 초목의 영양 번식법의 하나.

풀꽃을 보며

사는 것이 시큰둥한 날이 있다.

자질구레 자꾸 손이 가는 몸뚱이가 밉고
딱히 하고픈 게 없는 虛無에 사는 것도 시큰둥해

어설픈 게으름이 뇌를 갉아 먹는 것을
물끄러미 바라보며 지내는 그저 그런 날

흔해 빠진 길가의 작은 풀꽃들이 새삼 눈에 들어와
홀린 듯 가까이 다가가 보았다.

가만가만 들여다보니
올망졸망 어찌나 예쁘던지

그래, 이러면 되었지
뭐 거창한 다른 게 무앤가 싶더라.

미운 건 멀리서 봐주고
작은 건 가까이 들여다봐 주는 거라고

사는 건 그냥 그렇게 사는 거지
별게 아니라고

툭툭 건드려주는 해맑은 잔소리에
실없는 시간들이 맥없이 무너진다.

저 작은 풀꽃 하나 담지 못하면서
뭔 한숨을 그리 많이 담으려 했을까

사뭇 주억거리게 되는 낯선 감정이
무지렁이의 세상을 잊게 한다.

신도 내 게으름이 지겨웠을까
풀꽃들 틈에 여백 하나를 챙겨준다.

*실없다: 참되거나 미덥지 못하다.
*사뭇: 줄곧 계속하여 끝까지.
*주억거리다: 천천히 위아래로 끄덕거리다.

원추리

여름 비스듬 원추리 꽃
한 송이씩 피고 또 피고

새순을 데치고 주물러
상차림 그리운 多情이

주황색 바람에 안기어
흐트러져 그닐거리네.

*원추리: 한국, 중국, 일본 등지에 분포하는 백합과의 다년초 관엽, 관화식물. 꽃
　　　대는 높이 1m 내외로 끝에서 짧은 가지가 갈라지고 6~8개의 꽃이 총
　　　상으로 달리며 6~8월경에 개화한다. 주황색 꽃은 아침에 피었다가 저
　　　녁에 시들지만, 계속해서 다음 꽃이 핀다. 예부터 봄의 대표적으로 맛
　　　있는 산나물의 하나였는데 이때는 '넓나물', '넘나물'이라고 따로 이름
　　　이 주어져 있었다.
*흐트러지다: 이리저리 뒤섞여 뒤죽박죽이 되다.
*그닐거리다: 살갗이 근지럽고 저린 느낌이 자꾸 나다.

사위질빵

양떼구름의 하늘에서 내려와 여름을 피운
덩굴사위질빵의 꽃

수십 수백 송이 작은 꽃들이
다시 여름까지 그냥 가을이고 겨울이고 봄으로

자유로운 바람이 되어가는
한결같은 다정한 벗들과 함께 그려지는 꽃

'사랑과 우정'의 꽃말을 떠올리며
흐뭇하여 바라보니

세월도 징그러워 비껴간 벗들처럼
하얗게 웃으며 뻐기는구나.

*사위질빵: 사위질빵은 전국 어디에서나 자라는 낙엽 덩굴나무로 여름부터 가을
까지 꽃이 핀다. 꽃은 그대로 드라이플라워가 되어 봄에도 그 자리에
있다. 옛날 장모가 질빵 끈을 약한 덩굴로 묶어 사위의 짐을 덜게 했다
는 장모의 '변함이 없는 사랑' 이야기가 있는 식물이다. 꽃말은 '사랑과
우정'.
*뻐기다: 우쭐대며 뽐내다.

민들레의 봄날

상고대의 시린 눈물 바람꽃 되어 나릴 즘에는
걸쇠 내린 옹고집인들 문지방 아니 건널거나

산중 처마 밑 풍경에 걸린 찬바람을 흩뜨리며
거분하게 너른 세상을 날아가는 민들레 홀씨

봄 졸리어 가만가만 워낭에 등 붙이고 있다가
볕 따스운 문지방 지나 발이내포에 스며드네.

*걸쇠: 문을 걸어 잠글 때 빗장으로 쓰는 'ㄱ' 자 모양의 쇠.
*거분하다: 별로 힘들지 않고 조금 쉽다.
*발이내포(鉢伊內布): 함경북도 육진(六鎭)에 있던 승처(僧妻)들이 짠 얇은 모시.
　　　　　이 발이내포는 포 1필이 스님들의 밥그릇인 바리때에 들어갈 만큼 얇
　　　　　았기 때문에 붙여진 이름이라 한다.

봄은 봄

슬픈 눈동자는 눈 덮인 산맥에 숨기고
처박혔던 호기들 산골짝 바위틈에 흩어져도

봄은 봄이라 나뭇가지마다 물오르고
매화 향기 핼금대는 남서풍은 야단스러워라.

손꼽아 세며 그렇게 또 봄을 보태면서
세월을 먹는 가년스러움 널름 뒤춤에 감추고

봄은 봄이라 겨울은 벌써 잊었노라고
새퉁스럽고 **뻔뻔하게** 봄바람을 반기는구나.

*처박히다: 오랫동안 머물러 있다.
*핼금: 경망스럽게 곁눈질하는 모양.
*가년스럽다: 어렵고 가난해 보여서 안쓰럽게 느껴지는 데가 있다.
*새퉁스럽다: 어처구니없이 새삼스럽다.
*뻔뻔하다: 부끄러워할 만한 일에도 부끄러운 줄 모르고 염치없이 태연하다.

도라지꽃

뭉게구름 사이사이
꽃 피었네 꽃 피었네

엄마의 미소로 피운
고향산천 도라지꽃

볕바른 자투리마다
백도라지 청도라지

내 님의 곁마기 두른
물명주의 여백이여

말없이 안아주시던
엄마의 꽃주름이여

아롱아롱 어려 오는
임의 옥안 보고파라.

*도라지 꽃말; 영원한 사랑, 영원히 변치 않는 사랑.

*겉마기: 저고리 겨드랑이 부둔에 바탕감과 배색이 다르게 댄 감 또는 여자의 예복으로 입던 저고리의 하나.

*물명주: 엷은 남빛(푸른빛과 자줏빛의 중간 빛깔) 명주실로 짠 피륙.

*아롱아롱: 여러 가지 빛깔의 작은 점이나 무늬 따위가 고르고 촘촘한 모양을 나타내는 말.

*어리다: 눈동자에 고이다.

*옥안(玉顔): 여자의 아름다운 얼굴.

삼발이를 얻다

우연히 찍은 야생화 몇 점이 나의 노래가 된
그날 이후로 사진기를 챙겨 산을 오른다.

돌아와 사진들을 정리하는 새삼스러운 감흥도
너무 좋아 기꺼이 보고 또 보고 그런다.

이름을 부르며 기꺼워진 야생화들을 위해
어젠 배낭에 삼발이 하나 장만해 얹었다.

*기껍다: 탐탁하여 마음이 기쁘다.
*삼발이: 발이 세 개가 달린 받침대.

길 이야기, 하나

새롭고 궁금하고
기분 좋은 두려움으로
길을 걷는다.

익숙한 곳이든
낯선 곳이든
나의 작은 바램은

도드라지거나
움츠러들지 않는
길 위의 이런저런
풍경이고 싶다.

흔해 빠진
이야기들의

어슬렁이어도 좋다.

땡볕의 망초
들녘의 민들레
동구 밖 아카시아 나무

느릿느릿
술 한 잔 나누는
느티나무의 그늘
그런 풍경으로

길 이야기, 둘

속삭이는
淸香의 꼬임에

익숙한
도심을 벗어나

불쑥
엉덩이에 바람 든 날

고장 난
시간의 공간에서

난
노래하고 춤을 추는

새가 되고
벌 나비가 되었다.

*청향(淸香): 맑은 향기. 또는 좋은 향기.

길 이야기, 셋

땅을 딛는 편함으로 내 높이의 하늘만을 이고
철마다 다른 바람 따라 색을 입는 초목을 본다.

눈에 보이는 그 정도가 내 걸음의 이유라 하며
오일장 꼬맹이의 걸음 그 오지랖의 눈망울로

우리 생에 가장 멋진 오늘을 나란히 걸으면서
바람의 잔향을 더한 길 이야기의 풍경이 된다.

길 이야기, 넷

마음 이어진 비스무리 우린
나 보는 것 그대가 보고
그대 아는 건 내가 알기에

가늠하기도 쉽지 않은 길을
동행이어서 행복하다며
나란히 그 길을 걸어간다

고개를 넘고 덤불숲을 지나
너른 바위서 "야호"도 하며
솔숲에 앉아 쑥차도 마시고

함께 걷는 걸음의 산뜻함에
철마다 다른 초목의 부심을
커플룩으로 깔 맞춤을 하며

*비스무리: '비슷하다'의 방언.

길 이야기, 다섯

본래 꼭대기는 좁고 부대끼는 곳
힘들 땐 굳이 오르려 하지 말자

우리 걷는 길은 골짝과 능선
황무지와 가시덤불의 간난한 길

산을 제법 가봐서 아는데
뷰 포인트는 늘 따로 있더라.

사진 한 장 더하는 봉우리
가끔 돌아가는 길이면 어떤가.

어깨동무해 주는 벗들과
바람의 기억이면 충분하잖아.

엄한 흙먼지도 뒤집어쓰고
사랑 타령의 짭조름한 눈물도 훔치며

걸음은

늘 아이처럼 반짝거리어 가자

*간난: 몹시 힘들고 고생스러움.

청매화 사찰에서

사랑스럽다는 말밖에
할 수가 없었다.

천년고찰의 무량수전 앞 높은 곳에서
멀리 내다보는 청매화가 그랬다.

꺼내지 않아도
다 아신다는

고집스러움도 억지도 없을
노스님의 여백처럼

긴 세월의 삭풍을 벗 삼아
어울려 핀 청매에서

진한 묵을 입은
향기가 흘러나온다.

사념의 자리에 남겨진

그 청매의 향기는

지금도 알 수 없는

미련의 아련함이었을까.

---

*사념: 마음속으로 깊이 생각함. 또는 그 생각.

*매화나무: 장미과에 속하는 낙엽활엽수로 높이 5m 정도로 자란다. 꽃을 매화
라고 부르며 열매가 매실이다. 이른 봄 제일 먼저 꽃피는 나무 중 하나
로, 설중매라고도 한다. 꽃의 색에 따라 백매화, 청매화, 홍매화로 구분
한다.

운수 좋은 날

늦은 봄을 춤에 찌른 굼뜬 걸음으로 이곳저곳 둘러보다
얼레지 피나물 바람꽃들과 만난 오늘은 운수 좋은 날

온갖 폼으로 셔터를 누르는 늙다리의 얼굴은 아마도
손 큰 장꾼 덕에 솜사탕을 핥게 된 아이가 되었을 터

아무리 간절해도 엇갈리는 운발에 내내 神이 야속해도
가끔 이런 소소한 즐거움도 주니 어찌 미워하겠나.

*춤; 허리춤
*얼레지: 백합과에 속하는 여러해살이풀. 아시아가 원산지로 전국의 높은 산 반
　　　그늘에 분포한다. 보라색으로 피는 꽃이 아침에는 꽃봉오리가 닫혀 있
　　　다가 햇볕이 들어오면 꽃잎이 벌어진다.
*피나물: 미나리아재비목에 속하는 속씨식물. 중부지방의 산지나 북부지방 산간
　　　지역의 그늘지고 습한 곳에서 잘 자란다. 무리를 지어 집단을 형성하
　　　며, 노란색 꽃이 4월 말에서 5월 초에 걸쳐 핀다.
*바람꽃: 미나리아재비과에 속하는 속씨식물. 유럽과 북아메리카, 아시아가 원산
　　　지이고, 높은 산간 지역에 서식한다. 이른 봄에는 아네모네 종의 꽃이
　　　피어나고 다른 종류의 꽃은 가을에 피어난다. 관상용으로도 많이 심는
　　　다. 한국에는 약 13종의 바람꽃류가 서식하고 있다.

2부

풋내기의 詩

이젠 그리움을 웃음으로 바꿀 수도 있어
강물이 그려 낼 카메라와 노트 한 권 들고
노을바위에 올라 별을 세고 달빛 꿈을 꾼다
배려석이 따로 없어도 다정했던 청춘의 '라떼'
겨울 끄트머리에서 즐기도 하면서
마냥 웃음만 좋은 탈타리
가라 슬픈 생각들이여 황금빛 날개를 타고서
에스프레소 잔에 봄을 담는다
"4월 보리밭의 바람 그 묵직한 향기도 나고"
속을 데워주는 따스한 바람의 말
'노을바위' 어디 가지 않으니 그때 다시 오라
세피아 빛 하늘 은하수를 날며 자유로웠으니
맑고 깊은 푸른 호수의 그 칭얼거림

그대가 있어

그대가 보내주는 사랑의 기도에 힘입어
나란한 마음으로 씩씩하게 잘살고 있어

세상 어디에서든 늘 응원해 주는 덕분에
두려움과 망설임 없이 내 길을 가고 있고

그대가 내게 있어 삭풍의 밤 이겨냈으니
이젠 그리움을 웃음으로 바꿀 수도 있어

*삭풍: 겨울철에 북쪽에서 불어오는 찬 바람.

마 풍

마풍을 기다리며
산등성이 바위를 오른다.

미끄러지고 넘어지고
서툴면 서툰 대로

홀로 흥이 나서
미련스럽게 올라간다.

아직 바람이 차니
우려스러우니 해도

볕 좋은 날의
봄바람을 기웃거리다

겨울 끄트머리에서
졸기도 하면서

*마풍: 남쪽에서 불어오는 바람.

'바로크 노엘'을 들으며

목가적인 선율들과 카운터테너의 청아한 울림이
아기 예수의 탄생을 축하하며 찬양한다.

바로크 시대의 노엘이
그때의 악기들로 십이월을 가득 채운다.

오르간과 관악기들의 울림 위에서 현악기들이 춤을 추고
하프시코드와 류트는 옹알이를 하듯 통통 다가온다.

화려하고 경쾌한 요즘 캐럴과는 다른 울림
오래전 아이들이 태어났을 때의 그 주체할 수 없었던 기
쁨의 떨림
그 기억이 밀려온다.

양초를 켜고 모여 앉아 나누었을 성탄의 만찬에
흔쾌히 한자리 차지한 잔잔한 즐거움이
그 노엘의 밤이 내 속에서 깊어간다.

잠든 아이들의 곁에서

산타를 기다리는 젊은 아빠들에게

함박눈이 내리는 화이트 크리스마스를 선물하고 싶다.

노엘, 노엘, 노엘

*바로크 노엘: 고음악을 연주하는 '울림과 퍼짐'의 연말 기획 공연의 제목. 샤르팡
  티에, 비발디, 헨델, 코렐리의 곡들을 연주하였다.

*노엘(noël): 프랑스에서 크리스마스에 부르던 민요.

*하프시코드(Harpsichord): 건반을 눌렀을 때 현을 망치로 때리는 피아노와 달
  리, 깃털(또는 플렉트럼)로 현을 튕겨 소리를 내는 건반악기

*류트(Lute): 중세와 르네상스, 바로크 시대에 널리 사용된 발현악기(현을 튕기는
  악기)다. 기타의 조상 격으로 둥글게 부풀린 공 모양의 몸통과 짧게 꺾
  인 헤드가 특징.

탈 피

사는 게 어처구니없이 아파
웅크려 보낸 한 세월

새들의 노래가 끊기고
잡초와 덩굴뿐인 초막에서

세상이 찾지 않는 사람으로
오랜 시간을 보냈다.

그저 낮은 데로 흐르는
물처럼 지내면 되는 것을

붓은 부서지고
대문은 말라비틀어지도록

무엇을 기다리며
찌질하니 보내고 있는지

나가야겠다,
첫눈 내리는 날

꿈꾸지 않는 걸음으로
소복한 발자국 새기면서

강물이 그려 낼
카메라와 노트 한 권 들고

'매헌'의 향기

십일월의 가을이 서러우셨을 임이시여
가을 햇살 눈부신 '매헌의 숲' 벤치에 앉아
슬픈 샤콘느를 들으며 그댈 생각합니다.

원수의 감옥인들 꺾을 수 없었던 의기와
가을 하늘을 가둔 창살에 배어있을 울분
그 아픔이 다가와 내내 붉어 그랬습니다.

매화 향기 강산에 퍼지는 새봄의 날에는
호기로운 젊음들의 밝고 힘찬 노래들이
이 땅을 가득 메우리라 못내 그리웁니다.

*매헌: 윤봉길 의사의 호. 농촌계몽운동에 앞장섰으며, 독립투쟁을 위해 중국으로 망명한 다음에는 임시정부 산하 한인애국단의 일원으로서 1932년 상하이 훙커우 공원에서 열린 일본군의 전승 축하 기념식장에서 폭탄 투척 의거를 펼쳐 중극침략의 수괴들을 대거 살상했다. 만 24세이던 1932년 12월 19일 순국하셨다.

*매헌 시민의 숲: 매헌 시민의 숲은 우리나라 최초로 숲 개념을 도입한 공원으로 도심에서 보기 힘든 울창한 숲을 이루고 있는 공원이다. 매헌로를 기준으로 북측 구역에는 매헌 윤봉길 의사 기념관, 바닥분수, 어린이놀이터 등이 있어 사계절 풍경이 아름다워 공원을 산책하는 시민들에게 사랑받는 공간이다.

*샤콘느: '샤콘느'는 스페인에서 발생한 춤곡. 비탈리(1660~1711. 이탈리아)의 샤콘느는 아름다운 멜로디와 애절한 선율로 감동을 주는 '세상에서 가장 슬픈 곡'이라고 불리고 있다.

너를 찾아서

그저
바라볼 수만 있어도
너무 좋아

달맞이가
해바라기가
되었다.

아리아리한
내 가슴이
벌레 먹은 낙엽 같아도

"너를 찾아서"
절망의 시선을 이겨낸 사랑의
그런 바람으로

하늘 아래

같은 숨
같은 시선으로

노을바위에 올라
별을 세고
달빛 꿈을 꾼다.

*너를 찾아서(I'll Find You): 2023년 개봉, 폴란드의 예술학교로 전학을 온 성악
천재 로베르토는 유대인 바이올리니스트 레이첼을 만나 사랑에 빠진
다. 하지만 제2차 세계대전이 시작되고 독일군의 침략으로 레이첼이
아우슈비츠로 끌려가자, 로베르토는 독일 오페라 가수로 위장하여 그
녀를 찾아다녔다. 결국, 뉴욕에서 재회하게 되는 세계를 감동시킨 운명
적 로맨스의 영화.

지하철 경로석에서

지하철 경로석에서 훈훈한 작은 소란이 일어난다.

괜찮다는 분을 기어이 자신의 자리에 앉히고는 "팔십은 넘으셨을 것 같으니 편히 계시라" 하는 어느 영감님

"여덟입니다"라며 어정쩡하셔도 껄껄 웃으며 자기가 한 살 더 먹었지만 원래 강골이라 젊게 보인다며 괘념치 말라신다.

이어지는 두 분의 웃음 가득한 낮은 대화가 건너온다.
좋다
저리 건강한 늙음이

아스라이
'라떼'가 웃는다.

한여름에나 차지할 수 있었던 버스의 엔진룸 자리며, 너덧 개 쌓아 올린 책가방에 밴 김칫국물 냄새가 당연하던 시절의

배려석이 따로 없어도 다정했던 청춘의 '라떼'가

문득
그립다.

---

*라떼: 기성세대가 젊은 사람에게 자신의 예전 방식을 말할 때 쓰는 신조어.
*엔진룸: 1970년대 전후 버스 운전기사 옆, 커버를 씌운 엔진룸의 따끈한 자리에 앉거나 가방 등을 올려놓던 시절이 있었다.

물 멍

하늘을 화폭 삼아
제멋대로 비우고 채우고 노는
우리는

벌겋게 익는 것도
찌 올림도 다 잊어버린 물멍의
바보 둘

부채질 슬그머니
머쓱하여 구름에 大湖를 담는
너와 난

윤슬도 뭐도 아닌
가난뱅이

마냥 웃음만 좋은
탈타리

거분한 콧바람에

텅텅 빈 살림망인들 그러려니

그냥 무위

*탈타리: 가지고 있는 재물이 거의 없는 사람.

*거분하다: 마음에 짐이 되지 아니하고 편안하다.

*무위(無爲): 자연에 따라 행위하고 사람의 생각이나 힘을 더하지 않는 것.

날아가라 생각이여, 금빛 날개를 타고

(광복 80주년을 맞이하며)

望九의 해방둥이들도
望百에 선 내 아버지도

갈 수 없는 고향 그리며 살아온 세월
실향의 서러운 목마름 어언 팔십 년

대지의 품이 더 따숩고
바람 냄새가 다른 그곳

"죽음 앞에서 여우는 고향을 바라보고"
"연어는 태어난 강물을 거슬러 오르는"

가라 슬픈 생각들이여
황금빛 날개를 타고서

노친 생전에는 가보긴 힘들겠지만
구월산 자락의 꿈을 어찌 접을거나.

*날아가라 생각이여, 금빛 날개를 타고(Va, pensiero, sull'ali dorate): 베르디의 오페라 'Nabucco'에 나오는 유명한 합창으로 통상 '히브리 노예들의 합창 (Chorus of the Hebrew Slaves)으로 불린다. 고난과 절망 속에 부르는 희망의 노래로 "날아가라 생각이여, 금빛 날개를 E·고. 고국의 산과 언덕에서 편히 쉬어라. 그곳에는 달콤한 산들바람이 불어오고 있다…." (안동림 저 'O 한 장의 명반 오페라' 중에서)

*어언(於焉): 알지 못하는 사이에 어느덧.

*망구(望九): 81세. 또는 아흔을 바라봄.

*망백(望百): 91세. 또는 백 세를 바라봄.

*구월산: 황해남도 은률군과 안악군 경계에 있는 높이 954m의 산. 기암괴석과 계곡이 많아 경관이 빼어나다고 한다.

문밖은 봄

가지마다
옥빛 풀내 바람

대지를 깨우는
그 냄새가 좋다.

온몸을
벅벅 문대면서

꺼벙한 발자국이
봄을 밟는다.

문밖은
어느덧 봄

에스프레소 잔에
봄을 담는다.

주 름

골 사이를 흘러간
눈물과 웃음들
서분서분한 시간의 흔적들

닮은 듯 다른
이야기들을 풀어내는
웃음 주름 깊은 멋쟁이 내 친구들

"니들 웃을 때 제법 멋있어"
"4월 보리밭의 바람
그 묵직한 향기도 나고"

가만가만 들려주는
벗들의 주름 이야기
"다음에는 뭘 더 담아올 껴"

*서분서분하다: 성격이 부드럽고 친절하다.

풋내기의 詩

갖고 싶은 것이 많아 가난한 것이
어렴풋이나마 부끄러워지기에

곤두선 성질들에 釘을 내리며
엉킨 매듭을 하나씩 풀며 쓰는 詩

속을 데워주는 따스한 바람의 말을
늘 풋내기처럼 설레어 적고 싶다.

*정(釘): 못. 쇠나 대, 나무 따위로 가늘고 끝이 뾰족하게 만든 물건.

노을바위로 가는 길

네 곁으로 갈 수 없어
멀찍이 마음은 맹탕

덩굴이 가로막은
'노을바위'로 가는 길

메고 온 기억이 뭔들
언제나 내어주던 길인데

미루고 미룬 걸음에
결코 호락호락하지 않아

눈이라도 펑펑 내려
새 길을 낼 수 있을 때

'노을바위' 어디 가지 않으니
그때 다시 오라는 거나.

*맹탕: 그저 허망하게.

앞바람

그대 향기 머금은
앞바람을 기다려 있다.

매화 피는 남녘이
온통 처연한 기억이어서

사랑하는 그대와
이별하는 것을 몰라서

그래서 쓸쓸하다며
시리고 아픈 시를 쓰고

그래도 보고플 때는
무시로 매화를 찾아

그리운 마음 어르며
고인 눈물로 남풍에 있다.

*앞바람: 남쪽에서 불어오는 바람.
*어르다: 편안하게 하거나 기쁘게 하려고 몸을 흔들어 주거나 달래다.

지공선사의 辯

육십 오년 가득 수고 많았다고
'지공선사'라는 대우를 해 주니
계면쩍어도 별도리 없어
걸맞은 나잇값이라도 해야 할 지니

이러니저러니 남세스럽다고
모른 척 아니 본 척 지내지 말고
나이 먹으며 절로 알게 된 거로
두어마디 정도 거들어주자고

우물쭈물하는 젊은이들에게
작은 도움이라도 될 성싶은 거
어리석은 선택으로 혼쭐이 난
그런 후회들을 나누어주면서

'지공선사'의 얼굴을 무기로
꼰대질 눈치 보인들 개의치 말고

쉽고 편한 길은 없으니

조심하라는 표지판 하나 걸어봅시다.

*지공선사: 지하철을 공짜로 타는 만 65세 이상의 노인을 이르는 말.
*남세스럽다: 남에게서 조롱이나 비웃음을 받을 만한 데가 있다.

낚시의 즐거움

밤새 낚은 것이 없어도
그런 거라고 산듯하게

세피아 빛 하늘 은하수를 날며
자유로웠으니 되었다고

낚시의 즐거움은
준비가 반이요 기다림이 반

그래도 찌 솟아오르기만을
마냥 기다리기만 하였겠나

많은 것들을 부수고
또 많은 것들을 쌓으면서

담금 되는 뭔가를 엿보다
생피를 나누기도 하였으니

후줄근 꾀죄죄하여도

배포는 두둑하니 뽀송뽀송

다음 出釣에 가득 채워질

빈 살림망을 뻔뻔히 추스른다.

*세피아(sepia): 오징어의 먹물로 만드는, 보랏빛이 도는 짙은 갈색의 물감.

*후줄근하다: 약간 젖어 추레하다.

*꾀죄죄하다: 몹시 지저분하고 초라하다.

윤 슬

따사로운 자줏빛 봄날
라일락꽃 향기가 되고

한여름 밤의 달맞이꽃
그 단아한 노랑이 되어

임의 곁을 맴도는 너는
풀잠자리 날개의 요정

아름다운 날에 울리는
영혼의 자명종이 되어

연연불망 한마음으로
색색의 연정을 더하는

맑고 깊은 푸른 호수의
그 칭얼거림이었구나.

*윤슬: 달빛이나 햇빛에 비치어 반짝이는 잔물결.

*연연불망(戀戀不忘): 그리워서 잊지 못함. 서로를 사랑하며 만나게 된 인연을 끊임없이 기억하고 소중히 여기는 마음.

도랑의 아이들

멋들어진 수양버들엔 매암매암 매미가 울고
접시꽃 뱅뱅 돌리는 짱아들도 신나는 날

물장구 아이들이 주먹돌로 도랑을 둘러막고
동그라니 자유롭게 여름을 그리고 있다.

뭉게구름의 그늘 아래 웃음꽃을 피워 올리는
동심원 아이들의 즐거운 놀이를 훔치다

얼떨결에 엿본 호사의 씽글거림 그냥 그대로
내 그리운 날의 도랑에 슬그머니 앉았다.

*짱아: 잠자리의 서울 방언.
*마땅하다: 이치로 보아 옳다.
*씽글거리다: 눈과 입을 조금씩 움직이며 소리 없이 부드럽고 매우 정답게 자꾸
　　　　웃다.

3부

초봄의 바이올린

아프고 아픈 번뇌도 없이 어찌 숨을 몰아쉬겠나

사납게 그리운 봄날로 등 떠미시는지

개구진 운명인들 어찌 사랑하지 않으리

필터를 입은 다름에는 두둑한 뭔가

한 획 쳐내기가 못내 힘겨운 난초화 같아

노을빛 가을 조락 시간에 등 떠밀려

통렬하게 부서지고 나서야 보이는 이 계면스러움

결코 다가갈 수 없는 머나먼 빛이었나요

뭉텅뭉텅 낯설어지는 뻔뻔한 나잇살

서해 바다 쪽빛 해넘이의 자리에서

인디고블루 하늘이 불그스레하게 스미던 그날

드므를 마음의 창마다 가지런히

발자국들 위에 죽을 것들의 사연을 남기겠지

보내야 할 때

무심한 척
다 비워내야 할 때가 되었나 보다

아프고 아픈 번뇌도 없이
어찌 숨을 몰아쉬겠나.

세상에다
나 아직 거뜬하다고 소리 내봐야

바래지고 바스러진 연
움켜쥔다고 추하지 않을 재간 없어

잊어야 해
바람에 그리던 구름의 시간들 모두

아픈 흔적들로 목이 말라도
무심한 척 침을 삼키며

사랑이란
육신의 언어가 뒤섞이는 이 밤

해피엔딩이란
아쉬운 미련을 보내줘야지

"이 죽일 놈의 운명이여"

*이 죽일 놈의 운명이여: Marc Anthony 원곡의 노래 'Maldita sea mi suerte.' 이
노래는 사랑에 빠졌지만 결국 상대를 잃고 만 절망과 후회를 담고 있
는 노래다.

초봄의 바이올린

당신은 어이 날
초봄의 들녘으로 이끌며
감치는 아린 선율로
휘어 감으시는지요.

비르투오소 그대의 손끝에
선비의 다정히 머물던 봄밭이
아픈 풍경으로 다가와
그럽니다.

내 깊은 외로움과 설움을
어찌 아시는지
'베토벤 바이올린 소나타 사번'을
핑계로
사납게 그리운 봄날로
등 떠미시는지요.

내일은
'엄마의 봄밭'을 찾아
뭉클한 기억의 갈증을
달래야 될 성싶습니다.

*감치다: 잊히지 않고 항상 마음에 감돌다.
*비르투오소(virtuoso): 뛰어난 기교를 보여주는 음악가들에게 사용하는 말. 거장.
*베토벤의 바이올린 소나타 4번: 베토벤의 바이올린 소나타 4번 가단조 작품 번
  호 23은 '봄 소나타'로 불리는 5번과 짝을 이루는 작품으로 두 작품은
  조성과 특징, 모두에서 서로를 보완하고 있다. 4번 소나타는 조성이 단
  조로 작곡이 되어 가라앉은 분위기의 곡이고, 5번 '봄' 소나타는 밝고
  명랑한 분위기의 곡이다. 바이올리니스트 신 성희는 2025년 2월의 독
  주회에서 베토벤의 바이올린 소나타 제4번, 8번, 10번을 연주하였다.
*선비(先妣): 남에게 돌아가신 자기 어머니를 이르는 말.
*엄마의 봄밭: 2집 『바람의 길』에 실린 시 「엄마의 봄」에 쓴 표현. '끝기 없을 것
  같던 엄마의 봄밭에', '꽃 지고 나면 또 올 날 있을까'.

인연 (十行詩)

빨긋빨긋 가을 단풍잎들의 공원에 앉아
주마등처럼 지나간 緣들을 들여다본다.

노고지리 지저귀는 캠퍼스의 푸른 잔디
초록이 익어가는 들녘의 허수아비 아재

파란 하늘 송골매와 파도를 가르는 돛배
남산의 눈꽃소나무와 풋사랑의 솜사탕

보이는 않고 잡히지 않아 애타던 것들도
무어라 말하긴 어려워도 모두 나의 인연

지나가고 난 다음 후회와 아쉬움만 남은
개구진 운명인들 어찌 사랑하지 않으리.

*노고지리: '종다리'의 옛말.
*아재: '아저씨'를 낮추어 이르는 말.
*개구지다: 장난스럽게 남을 괴롭고 귀찮게 하는 데가 있다.

사랑이란

사랑이란 거 두루뭉술하니 아리송하여
이러니저러니 해도 한갓되이 속이 없어

한마음으로 보듬고 예뻐해 준다 하여도
말 없는 핑계로 애써 토라지는 심술쟁이

먹을 갈아 듬뿍 찍은 붓을 들고서도 선뜻
한 획 쳐내기가 못내 힘겨운 난초꽃 같아

*한갓되다: 하찮아서 아무런 쓸데가 없다.
*두루뭉술하다: 맺고 끊음이 분명하지 못하다.
*아리송하다: 그런 것 같기도 하고 그렇지 않은 것 같기도 하여 또렷이 분간하기
         어렵다.
*치다: 붓이나 연필로 찍거나 긋다.

필 터

가끔은
필터를 끼우고
세상을 보자.

하늘은 더 파랗고
단풍은 더 화려하니
착시인들 어떤가.

고집스럽고
융통성 없이
뻔뻔하니 있지 말고

가끔은
색색의 필터를 통하여
세상을 보자.

추함도

예쁨도
생각하기 나름

필터를 입은
다름에는
두둑한 뭔가 있더라.

십여 년 후

십여 년쯤 후 나는
어떤 기억으로 있을까

나날을 널브러뜨리며
사는 것도 지겹다 하려나

쓰레기 더미에 핀 민들레가
예쁠까?
안쓰러울까?

까닭 모르는 분노에
뭐라 대들지도 못하고

텅 빈 기억으로
물끄러미 뺀질거리다

작아지는 배포 뒤에서

아쉬움만 곱씹으려나.

공연한 허기에
지레 죽지 않는다면

이것저것
다 망가진다 해도

박주가리와 산국만은
헷갈리지 않았으면 좋겠다.

*널브러지다: 아무렇게나 널리 흩어지거나 흐트러지다.
*켱기다: 잘못이 있거나 무언가 걸리는 구석이 있어서 편치 않게 되다.

Past Lives

이생의 인연이 아니라며
다 산 듯이 주억거려 봐도
심통이 가라앉지 않는다.

천년나무라도 되어 살며
긴긴 세월 부대끼자 해도
공허한 짓거리 같은 허망

길의 끄트머리에 이 무슨
비쌔는 아픈 눈물이 흘러
말 없는 인연을 삼키는가.

*Past Lives: 「지나간 인연」. 2024년 3월 개봉한 미국 셀린 송 감독의 멜로 영화. 유년 시절 한국에서 알게 된 노라와 해성이 노라가 캐나다로 이민을 가며 헤어졌다가, 20여 년 만에 미국 뉴욕에서 재회하며 벌어지는 이야기를 담은 작품.
*이생: 지금 살고 있는 현실 세계나 평생을 이르는 말.
*주억거리다: 천천히 위아래로 끄덕거리다.
*허망: 보람이 없고 허무함.
*비쌔다: 마음은 있으면서 안 그런 체하다.

꿈 장사

아이들의 꿈을 사는 배불뚝이 어른들이
달콤한 사탕을 주며 꿈들을 주문하고

가끔 초콜릿이 걸린 서바이벌도 시키며
그럴듯한 것을 고르느라 야단법석이다.

어느 별로 이사 가시려고 아등바등 인지
수시로 눈 부라리며 저들끼리 치고받고

지랄만 빼놓고 온갖 재간 다 배우라던데
저 꿈을 잃고 삐딱하게 클까 봐 걱정이다.

*아등바등: 억지스럽게 우기거나 몹시 애를 쓰는 모양을 나타내는 말.
*(속담) 지랄만 빼놓고 세상의 온갖 재간 다 배워 두랬다: 못된 짓만 빼놓고 세상에
　　　서 배울 수 있는 모든 재간을 다 배워 두면 어느 때나 쓸모가 있다는 말.
*저: 말하는 이가 상대방을 대하여 앞에서 언급된 사람을 낮추어 가리키는 말.

노을빛 조락

가을 나뭇잎 하나
냇물 따라 흐르다
모래톱에 기대어 있다

지난한 여정의 念
소와 여울 지나며
채이고 뜯겨 지친 그냥

잠시 머물다 떠날
노을빛 공란에다
무얼 담으려고 했을까

산하를 내다보던
찬란한 미련들을
애써 버리긴 하시었나.

노을빛 가을 조락

시간에 등 떠밀려

이내 맴돌다 사라진다.

*조락: 초목의 잎 따위가 시들어 떨어짐.
*소: 계곡 같은 데서 흘러 내려오던 물이 낙차로 인해서 위에서 아래르 떨어지며
　　　패어 고여 있게 된 물웅덩이.
*여울: 강이나 바다에서 바닥이 얕거나 폭이 좁아 물살이 빠르게 흐르는 곳.

새해 인사

"주님께서 그대에게 복을 내리시고
그대를 지켜주시리라"

새해 인사로 받은 성경 구절이
몇 날을 서성거리더니 따스한 바람이 된다.

잔잔한 물결처럼 밀려드는
부끄러움의 아우성을 본다.

오만이 부스러지며
먹먹한 침묵의 시간들이 부딪친다.

괜한 분노로 눈을 감고
남 탓을 하는 억지를 부리면서

사랑하는 사람의 눈물마저 외면하고
뭘 더 보태려 했는지

그 많은 사랑과 축복들은 몰라라
떠죽거리는 이 무지렁이를

어찌하여 또 보듬고 씻겨주시는
또한 큰사랑이신지

눈시울이 뜨겁다.
철날 때가 되었나 보다.

통렬하게 부서지고 나서야 보이는
이 계면스러움은 뭔가

안개꽃 한 아름씩
나누어 드리는 맘으로

정성껏 새해 인사라도 드려야겠다.
"새해 복 많이 받으세요!"

*주님께서 그대에게 복을 내리시고 그대를 지켜주시리라(민수기 6:24): 하느님
　　　얼굴을 마주할 때 평화와 축복을 누린다는 뜻의 성경 말씀.
*무지렁이: 일이나 이치에 어둡고 어리석은 사람.
*계면스럽다: 미안하고 쑥스러워 면목이 없는 듯한 느낌이 있다.
*안개꽃의 꽃말은 색깔별로 다르기는 하지만 전체적인 꽃말은 '영원한 사랑과 순
　　　수함'을 상징한다.

마리아

사랑을 목소리를 잃어버린 '마리아'에게
어이해 당신의 시련은 그리 혹독한 게요.

자신을 위한 노래 하나 부르고픈 소원을
당신은 못내 설움으로 남겨놓으십니다.

하루하루 기꺼이 죽기 위해 추억하여도
결코 다가갈 수 없는 머나먼 빛이었나요.

둥지에 숨어 죽어버린 가여운 새를 보니
내 마른 눈물도 許하지 않을 것 같습니다.

*마리아: 파블로 라라인 감독, 안젤리나 졸리 주연의 2025년 4월 개봉한 영화.
　　　　"준비가 끝나면 언제든 다시 노래할 거예요." 음악이 인생의 전부였고
　　　　무대가 존재 이유였던 세기의 프리마돈나, 불멸의 소프라노, 마리아 칼
　　　　라스. 예술가로서의 '칼라스'와 여인으로서의 '마리아'로 구분되는 그녀
　　　　의, 오로지 자신만을 위한 마지막 무대를 준비하는 생의 마지막 일주
　　　　일을 그린 영화다.
*시련: 의지나 사람됨을 시험하여 봄.

솟 대

게걸음으로 해변을 어질러놓고
주렁주렁 미련들을 둘러멘 채
너의 향기 은근한 서해 바닷가
솟대에 앉아 노을을 바라본다.

해넘이를 바라보는 시선 내내
파도에 밀려오는 애욕과 다투며
새날이 와도 마음 둘 곳 없다는
진한 슬픔의 노래도 불러본다.

솟대는 내일도 바다를 지킬 거고
그대 그리운 난 또 솟대에 올라
아무렇지도 않은 발자국들 위에
죽을 것들의 사연을 남기겠지.

*솟대: 마을 수호신의 상징으로 마을 입구에 세운 장대. 장대 끝에 나무로 깎은
　　　새를 붙여 세운다.

부끄러움

거죽 하나를 여러 마음이 나누어 쓰기에
도통 어떤 사람인지 알 수가 없어

난 그저
부끄러움을 아는 사람인지 모르는 사람인지만 본다.

나날이 두루뭉술해지는 내가 밉고
속없이 세월을 축내는 내가 부끄러운 까닭이다.

많이 배우고 성공했다는 소리를 듣는 사람일수록
부끄러움의 잣대는 더 엄격해야 된다는 썰을 풀면서

그래서 감히
덕분이라는 겸손한 부끄러움을 응원하고
내 탓이라는 죄송한 부끄러움을 용서하려고 한다.

그리고 우리

뭉텅뭉텅 낯설어지는 뻔뻔한 나잇살이
무서운 흉기가 되지 않았으면 좋겠다.

*뭉텅뭉텅: 사물의 부분이 잇따라 매우 큼직하게 잘리거나 툭툭 끊어지는 모양
　　　　을 나타내는 말.
*나잇살: 지긋한 나이를 낮잡아 이르는 말.

어스름

(1)

내내 한결같은
그대 사랑 배어있는
서해 바다
쪽빛 해넘이의 자리에서

붉으려니 두근거리며
성난 파도에
연신
두들겨 맞는
어스름으로 있다.

(2)

볼썽사나움과
아쉬움이 나란하게
비벼대고 핼금거리는
바닷가에서

날연하여 흔들거리는
기억을 쥐고

사납게
자빠지는
퍼런 멍울로 있다.

(3)
힐긋힐긋
돌아보며 내쉬는
큰 숨에
귀한 짬을
허투루 보내고 있느냐고

유난히 너울거리며
강샘 부라리는
어스름 꼬리가
사뭇
야단이로구나.

*햘금: 살짝 곁눈질하여 쳐다보는 모양.
*날연하다: 노곤하고 기운이 없다.
*강샘: 지나치게 시기함.
*사뭇: 마음에 사무칠 정도로 매우.

쪽빛 하늘의 향기

사랑이 흔들릴까 봐
네 향기를 외면하고

바람에 흩날리는
홀씨에도 무심했는데

초가을에 핀 박주가리에
편두통의 공명이라니

인디고블루 하늘이
불그스레하게 스미던 그날

그리워하다가 죽을
鄕愁가 치밀어 올라

온몸을 흠뻑 적시며
밤새 몸서리를 쳤다.

*박주가리: 박주가리과에 속하는 다년생 덩굴풀. 일본과 한국, 중국이 원산지이
며, 들판의 풀밭에서 서식한다. 꽃은 7~8월에 피며, 깊고 그윽한 향기
가 일품이다.

*공명(共鳴): 깊이 동감하여 함께 하려는 생각을 갖다.

*인디고블루: 남색(藍色), 쪽빛.

*향수(鄕愁): 사물이나 추억에 대한 그리움.

드 므

실수는 신이 허락해 준
썩 괜찮은 선물 같아서

웃으며 넘어갈 수 있는
인간적인 매력이 있어

하지만 火를 동반하면
완전히 다른 문제가 돼

그럴 땐 두 눈 질끈 감고
깊은숨 한 바퀴 둘러서

드므를 마음의 창마다
가지런히 놓아두어 봐

火魔가 제풀에 놀라서
지레 달아나 버릴 거야

*드므: 높이가 낮고 넓적하게 생긴 독. 주로 물을 담아 놓는 데 쓴다. 목조건물에
비치하여 화재 초기 조화용으로, 피화의 상징으로 쓰임.
*화마(火魔): '화재'를 마귀에 비유하여 이르는 말.
*지레: 무슨 일이 채 일어나거나 어떤 때가 되기 전에 미리.

인연에 대하여

인연이라는 미련에 기대어
空然한 시간을 다치지 말고
속없는 무지한 인연 때문에
마음의 길 구속하지도 말자

꿰어보겠다 싸질러버린다
허세 떤다고 달라질 것 없고
무게도 깊이도 다 다른 인연
끌어안아 봐야 부질없는 일

살다 보면 절로 옆에 있다가
언제든 멋대로 떠나는 그건
환상과 망각의 야누스 같고
미련으로 빚는 도자기 같지

만년을 쥐락펴락 산다 해도
내 핸들 뉘 핸들 어차피 빈손

오시든 가시든 그러시려니

남긴 향기 얼씨구 그리 살자

*공연(空然)하다: 아무런 까닭이나 실속이 없다.

*꿰다: 연결되도록 구멍이나 틈을 내어 엮다.

*야누스: 로마 신화에 나오는, 성이나 집 따위의 문을 수호하는 신. 앞뒤로 두 개
　　　의 얼굴을 가지고 있으며, 전쟁과 평화를 나타내기도 한다.

*해: 주로 사람을 나타내는 대명사 뒤에 쓰여, 그 사람의 소유물임을 나타내는 말.

*얼씨구: 흥에 겨워 떠들며 장단을 맞출 때 내는 말.

야 단

느그덜,
딴짓하느라 바쁜 것 같아

말과 행동이 다르고
걸음걸이도 우쭐거리고

이봐,
남 앞에 나서려면

어설프게 굴지 마
쥐뿔도 아는 거 없어 보이거든

민초들이
눈치코치 서러워도

묵묵히 자리 지키는 건
그 꼴 보려는 거 아냐

경 쳐야겠어.

아니 '不'자는 또 왜 죄다 붙이는 겨

먹어도 먹어도 탈이 없는
'명예'를 채워야지

차라리
헛지랄할 시간 있으면

귀 틀어막고 소리라도 질러
"임금님 귀는 당나귀 귀"라고

*느그덜: '너희들'의 방언.

*쥐뿔도 없다: 가진 것이 아무것도 없다.

*경치다: 호되게 벌을 받다.

*임금님 귀는 당나귀 귀: 임금 자리에 오른 뒤에 귀가 나귀의 귀처럼 커진 신라
        경문왕의 비밀을 복두(각이 지고 위가 평평한 관모)쟁이가 대밭을 향해
        외치자, 그 뒤부터 바람이 불면 대밭에서 '임금님 귀는 당나귀 귀'라는
        소리가 났다는 이야기. 백성은 자유롭게 말할 수 있어야 하며 임금은
        그 소리에 귀를 기울여야 한다는 이야기인 듯.

고도를 기다리며

날선 시선도
해학의 유머도
진정한 동행도 없었다.

뭔지도 모르는 기다림과
친구들의 헛짓거리
마주보는 허무

웃고 분노하며 희롱하는 광대들이
뱃속 가득 폭탄을 채우고
미친 허기로 기다리는 '고도'

세상 살기 힘들어
그저 기대어보는 그들의 '고도'는
아니
내게도 있을 그 '고도'는
어디쯤 오고 있을까

오기는 하는 건가.

연극이 끝난 후
이내 소란들이 자리한다.

오지 않은 '고도'를
허허롭다 웃고
어이없다 화를 내지만

아마도 다시
'고도'를 기다리는 그들과
긴 망설임 끝에
거기
함께 껄떡거리는 나를
보게 될 것 같다.

그렇거나 말거나

대학로의 달빛 홀로 외롭고

매냥 바쁜 걸음들은
속절없이 떠나가는구나.

*고도를 기다리며(En attendant Godot, 1952): 아일랜드 태생의 극작가 사뮈엘
　　베케트(Samuel Barclay Beckett)의 희곡. 오지 않을 고도라는 사람을
　　기다리는 상황을 묘사한 작품으로 인간의 허무를 파헤치고 있는 대표
　　적인 부조리극(극 내에서 인간은 절망과 혼동, 불안을 느끼고 있는 버
　　려진 존재로 묘사. 부조리극 작품들은 깊은 나락의 염세주의와 기괴한
　　유머가 독특하게 뒤섞인 형태로 나타난다)이다.
*매냥: 마냥의 사투리. 언제까지나 끊이지 않고 계속해서.

4부
잔 상

흔적이 옅든 깊든 흩어질 기억

구름 스치는 하현달 걸음으로

한순간 하얗게 스러지는 유성이었으면

신새벽 안개에 사위는 꿈이라 할지라도

그래도 늘 안녕하길 바라

장대 같은 비에 이는 소갈머리 갈증

하얀 뭉게구름의 소걸음

희미한 7월의 기억 저편에서 생뚱하게 촉촉한 종소리가

주절주절 아픈 타종을 한다

허망들을 인내하며 붉은 달빛을 채워야 할 시간

우리하여 아파도 보고픈 사랑이여

꾸부정한 그늘이 시려도 좋다

볼썽없는 흙탕물 성난 여울이

센박과 여린박이 엉키는 걸음

死者의 書

이승의 호흡을 접은 영혼이
저승 가는 사십구일의 여정

'죽은 왕녀를 위한 파반' 같은
깊은 울림의 춤사위를 따라

산 자들의 애도를 뒤로하고
저승사자를 따라가는 혼백

생전의 회상은 후회만 아니
미련 두지 않는 쫓도 있어서

슬픔을 승화한 춤사위들이
또 다른 탄생으로 이어지니

머물다 간 흔적이 옅든 깊든
흩어질 기억에 뭘 연연하리.

*사자의 서: 2024년 선보인 국립무용단의 작품으로 『티베트 사자의 서』에서 영
감을 받아 김종덕 단장의 안무로 선보인 작품. 죽음 후 49일간의 여정
을 망자의 시선에서 총 3장에 걸쳐 단계적으로 보여주며 삶과 죽음 그
리고 인간 존재에 대한 철학적 질문을 던진다.

*죽은 왕녀를 위한 파반: 1899년에 독주 피아노 작품으로 작곡된 모리스 라벨의
작품으로 1910년 관현악 편성으로 발표되어 더욱 유명해졌다. 투명하
고 세련된 음색이 고풍스러운 선율과 간결한 형식과 어우러져 옛 스페
인 궁정의 아취를 아름답게 그려 낸다.

다 짐

태양이 붉은 바다에 떨어진다.

세월 팔이 두둑한 배짱으로
한 보따리의 미망 그대로

그냥 다 예쁘다 하면서
덤덤한 척 예까지 걸어왔다.

이제는
구름 스치는 하현달 걸음으로
시원섭섭하게 걸어보련다.

되새김도 버거우니
웃음 하나 눈물 하나 덜어내며

*예: 말하는 이가 있는 바로 이곳을 가리키는 말.

*미망: 사리에 어두워 없는 것을 있는 것처럼 생각하고 갈피를 잡지 못한 채 헤맴.

*하현달: 보름에서 초하루 중간에 뜨는 달.

잔 상

나, 마지막 숨을 뱉을 때까지
상념의 자락을 쥐리라

오감이 무뎌지고 눈물이 말라도
그 자락을 붙잡고 죽어도 좋을 戀이여

斷腸의 아픔은
계절을 넘어가는 길목에 버티어 선
엷은 미소의 추억만으로도 충분하기에
기꺼이 그리하리라

훗날
그대와 함께한 어설픈 기억들과
그대 향기에 붉히던 설렘을 안고
하얀 눈 소복한 자작나무 숲을 지나
또 다른 길을 걸어가는 걸음의 잔상은

한순간 하얗게 스러지는

유성이었으면 좋겠다.

*연(戀): 그리움. 사랑의 정.

*단장(斷腸): 매우 슬퍼 창자가 끊어지는 듯함.

달밤의 세레나데

아린 눈동자 가득히 솔향기를 뿜어내며
가동대는 그대를 보름에 태우던 날처럼

응봉산 달맞이봉에 달그림자 지나가며
달빛 한강수가 오롯이 내 것이 되는 이 밤

신새벽 안개에 사위는 꿈이라 할지라도
달빛 내내 나 그대 창가의 노래이고 싶다.

*응봉산: 서울특별시 성동구 응봉동에 있는 바위산으로 서쪽으로는 '달맞이봉', 동
　　　쪽으로는 '응봉'으로 구성된 화강암체이다. '작은 매봉'이라고도 불린다.
*가동대다: 겨드랑이를 껴들고 올렸다 내렸다 하며 어를 때, 다리를 오그렸다 폈
　　　다 하다.
*태우다: 탈것 따위에 몸을 싣게 하다.
*신새벽: 아주 이른 새벽, '첫새벽'의 비표준어.
*사위다: 불이 다 타고 사그라져서 재가 되다.

안 부

그대의 요즘은 안녕하신가?

느닷없는
안부를 다 묻는

데퉁스러운
허튼 짓거리는

산책길에 들리는
음악이 좋아

버름해서
뭉때리는 거야

그래도 늘 안녕하길 바라.

*데퉁스럽다: 말이나 하는 짓이 거칠고 엉뚱하여 미련하게 보인다.
*버름하다: 마음이 서로 맞지 않아 좀 서먹하다.
*뭉때리다: 능청맞게 시치미 떼다.

'랑'과 메밀꽃

찐득한 땀내와
구린 마음 인내하며
메밀꽃 한창인
팔월 언덕을 오른다.

오금 저리는 듯
들썽거리는 조급은
'랑'이 보고 싶은 허기에
감빨리는 거

몽클하니 오래전
눈 내리는 선술집의
메밀묵무침과
막걸리가 생각난다.

*들썽대다: 가라앉지 않고 자꾸 어수선하게 들떠 움직이다.
*감빨리다: 이익이 탐나서 욕심이 생기다. 입맛이 당기다.
*몽클하다: 어떤 감정이 북받쳐 올라 갑자기 가득 차는 듯한 느낌이 있다.

카 톡

하늘 참 높다
단풍도 참 곱고

산국의 향기
이 깊은 가을이

도토리묵에
생막걸리 어때?

달빛이 그대가 되고

금빛 건반의 춤사위
달빛에 농익은 그댄
오롯이 나만의 뮤즈

나 슬프고 외로울 때
달빛은 그대가 되어
내 마음 다독여주네.

아, 사랑옵은 그대여
달빛이 그대인 것은
신의 선물이었나 봐

달빛은 겨울을 가고
알레그로 콘 브리오
내 꿈은 봄으로 가네.

*달빛이 그대가 되고(Moonligh: Becomes You): 1942년 영화 「Road to Morocco」
에서 처음 소개된 저즈곡. Johnny Burke가 작사, Jimmy Van Heusen
의 작곡으로 빙 크로스비가 불러 유명해졌으며 이후 여러 아티스트에
의해 재해석되었다. 사랑하는 사람에게 달빛 아래서 더욱 아름답게 보
인다고 칭송하는 낭만적인 내용을 담고 있는 가사의 노래다.

*오롯이: 남고 처짐이 없이 고스란히.

*뮤즈(Muse): 그리스 신화에 나오는 학예의 여신.

*사랑옵다: 사랑하고 싶도록 귀여운 데가 있다.

*Allegro con brio: 힘차게 빨리.

눈 내리는 날

소복소복 쌓이는 하얀 눈에
그대 다정함이 가득하여서

크고 작은 눈사람들 사이를
아이들의 걸음으로 걸었어.

아리아리한 마음 달래가며
허기 그대로 종일 쏘다니다

쑥스러움 달랠 구실을 찾아
강변을 지나 남산을 올랐어.

거기 눈꽃 자물쇠들 한켠에
붉은 노을 매달고 돌아선 길

그대 오시라는 순한 맘으로
가지런한 발자국도 두었지.

*아리아리하다: 여럿이 다 뒤섞여 또렷이 분간하기 어렵다.

*구실: 핑계로 삼을 조건이나 변명할 거리.

*켠: '편'의 비표준어. 어느 하나의 쪽이나 방향.

'랑'과 연꽃

비가 내린다.
물쿠니 장맛비가

장대 같은 비에 이는
소갈머리 갈증은

그대 보고픈 핑계여서

세미원에 간다.
비가 머츰하기에

수마를 이겨낸
소색의 자태

'랑'을 닮은 백련을 보러

*물쿠다: 찌는 듯이 덥다.

*소갈머리: 마음이나 마음속에 가진 생각을 속되게 이르는 말.

*세미원: 팔당호가 삼면에 둘러싸인 경기도 양평군 양서면에 있는 물과 꽃의 정
　　　　원으로 동양의 전통적인 정원 양식과 수생식물 등 약 270종의 식물을
　　　　보유하고 있다.

*머츰하다: (눈이나 비 따위가) 잠시 그쳐 뜸하게 되다.

*水魔: 홍수.

*소색(素色): 하얀 빛깔의 단순한 색.

사라지는 여름의 조각

(1)

소나기 지나 물안개 저어기
무지개가 뜨는 여름은 없다.

폭염과 폭우, 폭풍, 열대야란
거칠고 섬뜩한 말들 속에서

볼멘소리만 내는 입술들의
사나운 여름만 남아 있어라

(2)

삼삼오오 재잘거리며 놀던
잠자리채 여름은 이제 없다.

시냇가 뚝방길을 따라가던
하얀 뭉게구름의 소걸음도

깜부기와 까마중을 훑치던
낡은 이야기 속 '라떼'도 없다.

(3)
흑백사진 속 하얀 웃음 조각
깜치 친구들의 여름도 없다.

먼발치서 설레어 바라보던
수줍은 짝사랑을 흩트리며

노란색 학원버스로 떠나는
바쁜 손가락들만 거기 있다.

*깜부기: 깜부깃병에 걸려 까만 가루 덩이가 된 곡식의 이삭.
*까마중: 가지과에 속하는 한해살이풀이다. 야산이나 들에 자생하나 흔치 않다.
　　　　열매는 늦여름에 보라색을 띤 까만색으로 익는다. 다 익으면 독이 사
　　　　라지고 조금 달고 신 맛이 나서 아이들이 따 먹기도 하지만 대게는 독
　　　　초로 보고 먹지 않는다.
*훑치다: 함부로 세게 마구 쑤시거나 훑다.
*깜치: 살빛이 까만 사람. 살을 태워 까매진 사람.

어린 날의 7월

뭔가 그럴싸한 꿍꿍이가 없어도 그냥 좋았던
어린 날의 7월이
연꽃 피어나듯 배시시 생각난다.

쟁반 가득 내놓은 수박 한 조각씩 집어 들고는
서로 자기 것이 크다고 대보던
동생 생일날의 시끄러움이 그립고

여름성경학교가 끝나기 무섭게
하나둘 시골로 떠난 친구들로 횅한 공터를
할 일 없이 들락거리던 퉁퉁 부은 심술도

홀로 공을 차대던 담벼락 너머
뭉게구름의 하늘이 공연히 미웠던
그 아련함이 저미는 7월이 그립다.

이런저런 허물을 벗으며 지내던

어린 날들은 너무 느려
언제 어른이 되냐고 투덜거렸었는데

문득 희미한 7월의 기억 저편에서
생뚱하게 촉촉한 종소리가
언덕 너머 어디서부터 들려오는 듯 방망이 친다.

아쉽고 못마땅하던 것들까지
왜 종종 그리워지는지
누가 내 뱃속에 씨간장 한 종지 넣어 주셨나 보다.

*저미다: 칼로 베어 내듯이, 매우 괴롭고 아프게 하다.
*생뚱하다: 앞뒤가 맞지 않고 엉뚱하다.
*씨간장: 햇간장을 만들 때 넣는 묵은 간장.
*종지: 간장, 고추장 따위를 담아서 상(床)에 놓는 작은 그릇.
*7월 5일이 생일인 내 바로 아래 동생 창식이가 2025년 10월 9일에 먼 길 떠났
    음을 애도하며 이 시를 헌정한다.

송 년

그냥저냥 또
나이 하나 더한다.

세상사
다사다난하다지만

유독 유난스러웠던
한 해를 보내며

눈을 감고
손을 모은다.

엄한 이들이
졸지에 강을 건너가는 일도
설익은 것들이
시장에 나와 설치는 일도
없게 해 달라고

그리고 난
조금 더 말수를 줄이그
조금 더 많이 웃으며
조금 덜 노엽게 해달라고

주절주절
아픈 타종을 한다.

四季

(1)

서럽고 시려도 가슴을 펴고
생기를 나누어 겨울을 간다.

앙가슴에 인 노루귀의 바람
연밭에 퍼지는 개구리 합창
낙엽 지르밟는 낭만의 유혹
자국눈에 배트작대는 갈증

추억하는 걸음의 내 四季는
그립고 그리운 대지의 노래

(2)

이제는 허망들을 인내하며
붉은 달빛을 채워야 할 시간

백두대간과 한라의 겨울에

설중매화의 향기를 입히고
덧칠을 하는 여분의 나머진
느티나무와 탁주를 나누며

뭉클한 눈물도 이제는 안녕
사나운 열정도 이제는 안녕

*앙가슴: 두 젖 사이의 가운데.

*자국눈: 발자국이 겨우 날 정도로 적게 내린 눈.

*배트작거리다: 몸을 제대로 가누지 못하고 조금씩 비틀거리며 걷다.

*허망: 기대와 달리 보람이 없고 허무하다.

밤 비

늦은 밤에 비가 내리면
나는
가로등 불빛 젖는 소리에 이끌려
빈 거리를 홀로 쏘다니다
공연히 숨 가빠진
뿔난 연인이 된다.

밤비에 흠뻑 젖은 그냥
나는
비발디의 여름 소나기를 가져다
풋꿈의 여백에 펼쳐놓고
어설픈 그리움에
맥을 놓기도 한다.

또 그 비 밤새 이어지면
나는
진상을 부리는 미련에 약이 올라

끝내 어둠을 분탕질하는
볼썽없는 흙탕물
성난 여울이 된다.

*풋: 일부 명사 앞에 붙어, '서투른' 또는 '미숙한'의 뜻을 더하는 말.
*볼썽없다: 보기에 언짢을 만큼 체면이나 모양새가 좋지 않다.
*여울: 바닥이 얕거나 폭이 좁아 물살이 빠르게 흐르는 곳.

사랑은 비를 타고 (Singing in the rain)

알싸한 사랑의 갈증이 비가 되어 내리던 그 밤
빗속에서 노래를 부르며 마냥 행복했지 우리

사랑은 비를 타고 오고 우린 그 비에 흠뻑 젖어
빗길을 밤새 쏘다니며 한없을 시간에 있었고

센박과 여린박이 엉키는 걸음도 못내 기꺼워
가쁜 숨 뱉는 우산의 춤을 추며 지새웠던 우린

아침 무지개를 마른 목 넘김으로 바라보면서
아픈 사랑의 비에 젖은 밤을 보냈음을 알았네.

*사랑은 비를 타고(Singing in the rain): MGM에서 제작해 1952년 3월 27일에 개봉한 뮤지컬 영화. 뮤지컬 영화 중 최고로 평가받을 뿐간 아니라 영화사를 대표하는 걸작 중 하나. 단순한 사랑 이야기 그 이상으로 예술에 대한 찬가이자 인간에 대한 따뜻한 시선을 담은 작품으로 평가받고 있다.

*알싸하다: 맵거나 독해서 콧속이나 혀끝이 아리고 쏘는 느낌이 있다.

*센박: 한 마디 안에서 세게 연주하는 박자.

*여린박: 한 마디 안에서 센박 다음의 여린 박자.

*못내: 어떤 감정을 참지 못할 정도로 매우.

임의 향기

시간을 덧입으신
굴곡마저 어여쁜
그리운 임의 향기

미움과 다투면서
우리하여 아파도
보고픈 사랑이여

초록 햇살에 엃힌
감치는 그 향기에
설레어 죽습니다.

*굴곡: 사람이 살아가면서 잘되거나 잘 안되거나 하는 일이 번갈아 나타나는 과
     정이나 변동.
*우리하다: 신체의 일부가 몹시 아리고 욱신욱신한 느낌이 있다.
*감치다: 잊히지 않고 항상 마음에 감돌다.

타 잔

맨발에 삼각팬티 상고머리 타잔은
칡덩굴에 매달려 괴성도 질러대고
콧등에 가시 하나 무법자 코뿔소랑
흙먼지를 내달려 골목을 누볐는데

땅거미 질 때까지 뒷동산 매바위 위
고독한 표범이었었을 새까만 눈이
노송에 물드는 노을빛 추억에 잠겨
꾸부정한 그늘이 시려도 좋다 한다.

*상고머리: 옆머리와 뒷머리를 치올려 깎고 앞머리는 몽실하게 그대로 둔 채 정
　　　　　수리를 평평하게 깎은 머리.

노을바위
길

정문식 시집

노을바위 길

펴 낸 날 2026년 3월 16일

지 은 이 정문식
펴 낸 이 이기성
기획편집 권희연, 최인용, 이서은
표지디자인 권희연
책임마케팅 이수영, 김정훈
펴 낸 곳 도서출판 생각나눔
출판등록 제 2018-000288호
주   소 경기도 고양시 덕양구 청초로 66, 덕은리버워크 B동 1708, 1709호
전   화 02-325-5100
팩   스 02-325-5101
이 메 일 bookmain@think-book.com

• 책값은 표지 뒷면에 표기되어 있습니다.
  ISBN   979-11-7048-991-7(03810)

Copyright ⓒ 2026 by 정문식 All rights reserved.
· 이 책은 저작권법에 따라 보호받는 저작물이므로 무단전재와 복제를 금지합니다.
· 잘못된 책은 구입하신 곳에서 바꾸어 드립니다.